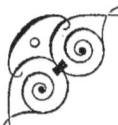

MÉLODIES
EUCHARISTIQUES

PAR

ANGE FABRE

I. Le Désir de la Communion. II. La veille de la Communion.
III. La Communion. IV. A mon Crucifix. V. Adieux au Père Marie-
Louis, supérieur des Carmes déchaussés, à Montpellier.

> Loin de moi la pensée de me glorifier, si ce
> n'est dans la croix de notre Seigneur Jésus-Christ.
>
> *Saint Paul.*

Se vend au profit des pauvres 30 c.

PARIS,

CHEZ JACQUES LECOFFRE ET Cᵉ, ÉDITEURS,

RUE DU VIEUX COLOMBIER , 29.

TOULOUSE,

Chez DELBOY, libraire-éditeur.

1854

MÉLODIES
EUCHARISTIQUES

PAR

ANGE FABRE

I. Le Désir de la Communion. II. La veille de la Communion. III. La Communion. IV. A mon Crucifix. V. Adieux au Père Marie-Louis, supérieur des Carmes déchaussés, à Montpellier.

Loin de moi la pensée de me glorifier, si ce n'est dans la croix de notre Seigneur Jésus-Christ.

Saint Paul.

Se vend au profit des pauvres 50 c.

PARIS,

CHEZ JACQUES LECOFFRE ET Cⁱᵒ, ÉDITEURS,

RUE DU VIEUX COLOMBIER, 29.

TOULOUSE,

Chez **DELBOY**, libraire-éditeur.

—

1854

AU RÉVÉREND PÈRE

MARIE-LOUIS

CARME DÉCHAUSSÉ.

RÉVÉREND PÈRE,

C'est vous dont l'éloquence attendrissante m'a ramené au bercail de ce Dieu d'amour, qui se plaît tant à demeurer parmi les enfants des hommes ; je vous en remercierai éternellement.

A peine ma bouche, obéissant à vos tendres supplications, eut prononcé trois fois l'irrésistible *Ave Maria,* que la Mère des Miséricordes, précédée par de brûlantes larmes, descendit dans mon âme. Je l'en bénirai éternellement.

Daignez lui présenter, comme l'hommage de mon âme reconnaissante, cette faible peinture des délices inénarrables de la sainte Eucharistie.

Puissé-je, à mon tour, faire sentir à quelques-uns de mes frères le bonheur d'être à Jésus-Christ! Il ne manque plus rien à ma félicité sur la terre, que de la faire partager.

Dans cet ardent désir, je suis,

Révérend Père,

Le très-humble, très-heureux et très-reconnaissant serviteur de Jésus et de Marie.

ANGE FABRE.

Carcassonne, le 8 décembre 1853.

MÉLODIES EUCHARISTIQUES.

I

LE DÉSIR DE LA COMMUNION.

Dans le temple muet, aux saintes harmonies
Succéda tout à coup, pour les âmes choisies,
Ce silence, avant-goût du festin de l'Agneau.
C'est l'instant où la Foi ranime son flambeau ,
Et, suivant dans leur vol les notes fugitives,
S'élance avec amour sur les célestes rives.
Dans l'adoration, le chrétien prosterné
Veut savourer sans bruit ce moment fortuné ;
Il laisse devant Dieu, comme un ange immobile ,
L'hymne saint expirer sur sa lèvre inhabile...

Les colombes du monde, aux désirs ingénus,
Se pressaient avec joie au banquet de Jésus ;
Elles allaient bientôt, dans leur âme apaisée,
Recevoir tour à tour la divine rosée,
Et moi, de ce banquet de l'amour infini
Environné d'élus, je me voyais banni !

Mais le divin Pasteur veille du haut des nues ;
Il cherche les brebis qui ne sont point venues...
Pour me récompenser de tardives ardeurs,
Il m'envoya bientôt le délice des pleurs.
En se donnant à tous, sa tendresse attentive
Vint accuser en moi l'infidèle convive :
Aussi je contemplais de mes regards jaloux
Cet essaim rassemblé sous l'aile de l'époux ,
Et mon cœur soupirait en pensant aux délices
Que je puisai naguère au bord des saints calices !
De la source où je vis des vierges se pencher,
Un séraphin de feu m'empêchait d'approcher !...

O mon hôte ! ô Jésus ! depuis ce jour rapide,
Tu n'es plus revenu ; mon âme est presque aride.
La fleur loin du ruisseau se dessèche et languit ;
L'orphelin est tout seul, voici bientôt la nuit.
Depuis douze soleils que je poursuis ma route,
De ton onde, Seigneur, je n'ai bu qu'une goutte,
Et cette onde, où je cours avec avidité,
Jaillit toujours plus loin dans ton éternité !
Que ne puis-je, semblable à ces âmes fidèles,
Soupirer dès l'aurore et demander des ailes

Pour voler au-devant de l'hôte bien aimé,
Et lui dire sans cesse en mon cœur consumé :
Seigneur, que tardes-tu? Je suis prêt, voici l'heure ;
Dès l'aube, je t'attends au seuil de ta demeure !
Mais que dis-je ! C'est toi, me voyant défaillir,
C'est toi, mon doux Sauveur, toi qui viens m'accueillir ;
C'est toi, toi qui m'attends ! Par ta grâce invisible,
Tu m'as fait embrasser ton joug irrésistible ;
Tu levas la barrière, et l'indigne mortel
Reposa dans les bras du fils de l'Éternel!

Eh bien, j'irai, Seigneur, à défaut d'innocence,
Te porter le tribut de ma persévérance ;
J'irai, de ton amour voilant la majesté,
Chercher le gage sûr de l'immortalité !

II

LA VEILLE DE LA COMMUNION.

> Zachée, hâtez-vous de descendre, car il faut
> que je loge aujourd'hui dans votre maison.
>
> (Paroles de Jésus-Christ.)
> Chap. XIX, 5, Evangile selon saint Luc.

Astre du jour, salut ! Et toi, dernier rayon ,
Disparais sans adieu derrière l'horizon !
Que je vois avec joie, au bruit de la nature ,
Succéder de la nuit le solennel murmure !
Je ne crains point de voir le glaive redouté
Luire à travers les cieux sur mon front révolté...
Demain j'aborderai le maître du tonnerre ;
Je suis, je suis en paix avec toute la terre !

J'aime à vous contempler, étoiles du Seigneur,
Dont mon âme aujourd'hui réfléchit la blancheur,
Et je comprends pourquoi mes paupières émues
Vous retrouvent ce soir des douceurs inconnues...
Si j'oublie avec vous le bienfaisant sommeil ,
C'est qu'un plus grand ami m'attend à mon réveil ;
Ce qui fait tressaillir mon âme heureuse et pure,
C'est l'espoir reconquis de sa splendeur future !

Elle est, pour l'autre ciel, votre immortelle sœur ;
Entretenez-vous donc du céleste bonheur !
Oui, brillez sur mon front, sans crainte qu'un nuage ,
Par un remords soudain, trahisse mon langage ;
Vous pouvez, sans ternir votre chaste beauté,
Le couronner d'amour et de sérénité :
Moi, je puis aujourd'hui, si ma langue est glacée,
Échanger avec vous l'encens de ma pensée !
Tout semble m'applaudir, tout me dit tour à tour
Que je suis digne enfin de ce pompeux séjour,
Et, sans que mon aspect lui soit une souillure,
J'ose me reposer au sein de la nature !

Mais, pour me préparer à voir le Roi des cieux,
Le doux sommeil du juste a glissé sur mes yeux ;
Que je m'endors en paix dans ma couche de fête !
Mon ange réjoui va planer sur ma tête ;
En me voyant rentré sous ses aimables lois ,
Je l'entends murmurer d'une amicale voix :
« C'est le ciel, mon enfant, qui t'a rendu ces charmes ;
« Mais ta félicité me coûta bien des larmes...
« Je t'attendris enfin , et, sans porter le deuil,
« De ton âme aujourd'hui je puis garder le seuil. »

O toi qui m'as rendu le bonheur de l'enfance,
Conserve pour demain ma nouvelle innocence !
Dès l'aurore avec moi viens sceller à l'autel,
Sous les yeux du Seigneur, notre pacte éternel !

Déroule autour de moi tes propices ténèbres,
O nuit! je ne vois plus de fantômes funèbres...

O monde! que me font ta pompe et tes plaisirs?
Rêvant l'amour de Dieu, comblé dans ses désirs,
Mon esprit, désormais détaché de la terre,
Ne court plus après toi de chimère en chimère,
Et mon cœur, cet esclave allégé de ses fers,
Adore en liberté le Dieu de l'univers.

Vainement en ce jour, sombre mélancolie,
Je cherche sur mon front ta trace évanouie...
Compagne des pécheurs, mère du désespoir,
A mon chevet joyeux tu ne viens plus t'asseoir!
De mon âme, rendue à sa sphère infinie,
L'implacable tristesse est à jamais bannie,
Et je voudrais en vain, en ce jour bienheureux,
Faire lutter son ombre avec l'éclat des cieux.

Si mes regards, fermés aux visions sublimes,
Ne peuvent contempler les immortelles cimes,
Ainsi que ces élus dont les soupirs de feu,
Dans le calme des nuits cherchant le sein de Dieu,
Des sommets familiers qu'habite la prière,
Font rayonner sur eux l'éternelle lumière;
Pour m'éprouver, Seigneur, si tu laisses ma foi
Par ses propres efforts s'élever jusqu'à toi,
Ta grâce, visitant ma couche solitaire,
M'entretient des douceurs que cache ton mystère;

Je sens, comme un reflet de ta divinité,
Flotter sur mon esprit une étrange clarté ;
D'espérance et d'amour mon âme est palpitante.
Ma pensée est enfin sereine et confiante ;
Libre du joug des sens, insensible au sommeil,
Elle vole au-devant de son divin soleil ;
Elle parcourt sans bruit les rives immortelles
Jusqu'au seuil des élus, interdit à ses ailes.
Je suis banni du ciel ; mais déjà sur ses bords
Jésus m'a préparé d'ineffables transports...
Mais quoi ! l'heure a sonné. Salut, joyeuse aurore !
Tu m'annonces le Dieu que j'aime et que j'adore.
Quand ton premier rayon glissera dans mes yeux,
Sur ma lèvre ravie il descendra des cieux.

III

LA COMMUNION.

> Seigneur, je ne suis pas digne que vous entriez dans ma maison ; mais dites seulement une parole, et mon âme sera guérie.
>
> (Paroles du centenier à Jésus-Christ.)
> Évangile saint Matthieu, chap. VIII.

Tressaille de respect, ô mon âme ! silence !
Tu vas servir de temple au Dieu de l'innocence.
En vain, pour mériter la céleste faveur,
Tu voudrais au mystère égaler ta ferveur !
Immole tes élans, et, docile à la grâce,
Laisse expirer ici ton amoureuse audace ;
Pour recevoir le don de l'immortalité,
Incline ton néant devant la majesté.
Immobile et le front courbé dans la poussière,
Attendons le Seigneur devant son sanctuaire.

Mais pourquoi trembles-tu devant ce Dieu d'amour ?
Il sourit de son trône à ton humble retour :
C'est lui qui t'a vaincu ; c'est lui dont la tendresse,
De ton zèle incertain ranimant la faiblesse,
Te reconduit, au gré de son cœur paternel,
Esclave suppliante au pied de son autel !

O Jésus ! à l'appel de ta voix ineffable,
Je suis venu m'asseoir à la céleste table.
Je vois autour de moi tant de cœurs enflammés
Qui réclament leur part du pain des bien-aimés :
Étends aussi sur moi ta largesse infinie ;
J'ai retrouvé comme eux la fontaine de vie,
Et je viens, confondu dans leurs avides rangs,
Puiser avant le jour à tes flots renaissants.

Mais déjà des autels le ministre propice
Offre aux cieux attentifs l'Agneau du sacrifice.
Debout, debout, chrétiens ! qu'aux pieds du Tout-Puissant
S'élève de nos cœurs l'hymne reconnaissant !
Gloire, gloire au Très-Haut pour sa munificence !
Avant tous ses bienfaits, exaltons sa clémence.
Il a choisi son Fils pour notre Rédempteur ;
Béni soit à jamais l'envoyé du Seigneur !
Hosanna dans les cieux ! Paix à vous sur la terre,
Vous tous qui saluez l'étoile du mystère,
Cœurs simples, embrasés de bonne volonté,
Le Très-Haut vous rappelle à l'immortalité !

O de l'amour divin impénétrable abîme !
Ardente à s'immoler, la céleste victime
De son trône de gloire, à la voix d'un mortel,
Va redescendre encor sur cet auguste autel.
Il descend. Le voici, le trésor de mon âme ;
Il vient alimenter son expirante flamme.
Il vient tendre la main à ses élans pieux
Pour l'élever plus haut dans le sentier des cieux,

Et, guidant ses regards vers la cité divine,
Il lui dresse un banquet de colline en colline.
O Père ! donne-lui le pain de chaque jour ;
Laisse-la partager ce festin de l'amour ;
Verse-lui le pardon à ce moment propice :
Voici l'Agneau de paix, vainqueur de la justice !

Mais quel frisson soudain arrête mes élans ?
J'ai senti défaillir mes genoux chancelants
Comme Moïse avant d'aborder le nuage
Qui lui voilait de Dieu le foudroyant visage ;
Comme les douze Élus au moment solennel
Où, pour combler ses dons, le Christ, du haut du ciel,
Leur annonçait enfin, au bruit de la tempête,
Que le Consolateur descendait sur leur tête.

Oh ! non, Seigneur Jésus, je ne suis qu'un pécheur ;
Je ne mérite pas cet ineffable honneur !
Dites, dites un mot, et mon âme guérie
Sans approcher de vous recouvrera la vie.
Mais puisque vous voulez, quel que soit mon accueil,
De mon indigne toit sanctifier le seuil,
Pour m'annoncer qu'un Dieu visite ma misère,
Qu'une sainte frayeur soit votre messagère !
O Marie ! abrité sous ton cœur maternel,
Je vais prendre ma place au banquet solennel !

Quelle céleste paix succède à mon délire !
Quelle douce lumière à mes yeux vient de luire !

Je tressaille de joie, et mon cœur tour à tour
Après la froide crainte a palpité d'amour...
Je vis, je vis encor! Avec un tendre blâme,
Le Seigneur apparaît sur les flots de mon âme,
Et les flots sont calmés. « Ame de peu de foi !
C'est moi, je suis Jésus : la paix soit avec toi ! »

O mon céleste ami, pour tant de providence,
Je ne puis vous offrir que ma reconnaissance !
Immobile et penchée à ce moment si doux,
Mon âme, pour répondre à son divin époux,
Ne sait plus que vous dire : O Jésus ! je vous aime !
Vous vous donnez à moi, je vous donne moi-même.
Oui, Seigneur, je vous aime. Et que dis-je ! insensé,
Moi dont le cœur tremblait parce qu'il est glacé !
De votre immense amour quand j'approche l'abîme,
Oserai-je parler de l'amour qui m'anime ?
O Jésus ! c'est vous seul qui pouvez m'enflammer !
Je ne vous aime point, mais je veux vous aimer.
Pour témoigner enfin de l'amour qui m'inonde,
Je veux faire envier vos délices au monde.
De votre aimable nom les immortels attraits
Sur mes lèvres de feu ne tariront jamais.
Je veux vous faire aimer de ceux qui vous ignorent,
Vous rappeler sans cesse aux cœurs qui vous adorent,
Et, sûr de vous aimer, à mon dernier soupir,
Murmurer le doux nom de Jésus, et mourir !

———————

IV.

A MON CRUCIFIX.

Loin de moi la pensée de me glorifier, si ce n'est
dans la croix de Notre-Seigneur Jésus-Christ.

Saint Paul.

Salut ! bois rédempteur, préside à ma prière.
Je te reçois béni de la main salutaire
    D'un ange du Carmel :
C'est lui dont l'éloquence, éclatant sur mon âme,
L'étreignit tendrement de ses ailes de flamme,
    Pour la porter au ciel

O crucifix ! sans toi ma retraite était vide ;
Sans toi, je retournais vers un monde perfide
    Mon regard abattu.
Ton seul aspect déjà peuple ma solitude ;
Tu sacres la pensée, et tu fais de l'étude
    Un trône à la vertu.

Non, tu ne seras plus pour mon âme craintive
Un noir symbole, errant, dans sa marche furtive,
    Des tombeaux au saint lieu ;

Non, je ne te crains plus. Dans ma sainte demeure,
J'oserai désormais embrasser à toute heure
   Le gibet de mon Dieu !

Règne sur les débris des profanes images !
Oui, ce cœur t'appartient avec tous ses hommages,
   O paternel vainqueur !
O Jésus ! qu'avec toi la défaite a de charmes !
Que ton joug est léger ! Que tout, jusques aux larmes,
   Proclame un bienfaiteur !

Honte à qui te trahit, malheur à qui te brave !
Atteste à tous les yeux que je suis ton esclave ;
   Que, fier de te servir,
Je foule sous mes pieds ce que le monde adore,
Et que, sur cette croix, que son orgueil ignore,
   Moi, je voudrais mourir !

Que ton auguste aspect, puisque son cœur t'oublie,
Referme tout à coup les lèvres de l'impie,
   Et, moins audacieux,
Qu'il se recueille enfin et qu'il dise : Silence !
L'austère repentir, peut-être l'innocence,
   Ont consacré ces lieux !

Ah ! plus ils seront sourds à ta voix suppliante,
Et, pour ne jamais voir leur victime expirante,
   Détourneront leurs yeux,
Plus les miens, de ton cœur comprenant les alarmes,
Deviendront en secret des fontaines de larmes
   Pour implorer les cieux...

Sois toujours là, debout, debout devant mon âme !
Je veux voir sur ton cœur, gravés en traits de flamme,
   Mes éternels serments ;
Et si je les trahis, pour venger ta tendresse,
Que tes bras étendus me rappellent sans cesse
   Tes saints embrassements.

Que mes yeux, étonnés d'un Dieu si magnanime,
Te contemplent toujours, pour expier le crime
   De t'avoir oublié ;
Qu'à force d'adorer ta douloureuse image,
Je n'aime que Jésus, Jésus couvert d'outrage,
   Jésus crucifié !

A ces heures de deuil, où mon âme orpheline
Implore pour ma mère à la cité divine
   Une trêve au malheur,
Tu me consoleras, et dans ma solitude,
J'aurai pour confident de mon ingratitude,
   J'aurai son Rédempteur.

Quand la main des douleurs m'étendra sur ma couche,
Que la plainte soudain expire sur ma bouche
   A l'aspect de ta croix,
Et qu'au lieu de pleurer sur ma courte agonie,
Je me redise encor ta douleur infinie
   De ma mourante voix.

Oui, toi que presse encor ma lèvre palpitante,
C'est toi qui dois un jour, et c'est ma douce attente,
   Sanctifier ma mort ;

C'est toi que je tiendrai dans ma main refroidie ;
C'est toi que pressera ma lèvre réjouie
     Dans un dernier transport.

Pour repousser les traits de l'Ange des ténèbres,
Tu m'environneras, à ces heures funèbres,
     Comme d'un bouclier.
Au front de mon Sauveur brillera l'espérance ;
Dans les flots de son sang je tremperai d'avance
     Mon céleste laurier.

Quand mes amis épars détourneront la tête,
Ou que, près de ma couche, une frayeur secrète
     Aura glacé leur voix,
Tu me diras : Voici le sommet du Calvaire,
Achève de porter au bout de cette terre
     Ta glorieuse croix !

Quand mon âme joyeuse aura brisé sa chaîne,
Imprime sur mon front l'espérance sereine
     Du juste qui s'endort ;
Laisse-leur entrevoir mon céleste délire ;
Où mes lèvres d'amour semblent toujours sourire
     Au vainqueur de la Mort.

De ma cendre à jamais sois l'unique héritage.
Que dis-je ! dans ma tombe emporter ton image,
     Dieu d'immortalité !
Toi qui de ton sépulcre as soulevé la pierre,
Qui t'élanças, vêtu de gloire et de lumière,
     Dans ton immensité ?

Oh ! non. Tu glisseras de ma main défaillante
Dans la main d'un ami... Son enfance croyante
      M'attachait à ses pas ;
C'est l'ami de mon Dieu, c'est l'ami de mon âme !
Nous nous retrouverons, dans un baiser de flamme,
      Aux portes du trépas !

V

ADIEUX AU PÈRE MARIE-LOUIS,

SUPÉRIEUR DES CARMES DÉCHAUSSÉS, A MONTPELLIER.

Quoi ? n'entendrons-nous plus ces hymnes d'éloquence,
Ces accens embrasés de la Foi qui s'élance,
Et ces tendres appels, cette céleste voix
Qui vint nous révéler les douceurs de la croix ;
Et ces soupirs d'amour et de mélancolie
De l'exilé qui pleure au seuil de la Patrie ?

Quoi ? ne verrons-nous plus ce front audacieux
Déchirer le nuage, interroger les cieux
D'un regard, qui semblait, de la chaire sacrée,
Ravir au sein de Dieu sa brûlante pensée ?
D'avides auditeurs repeuplant le saint lieu,
Vous enchaînez notre âme à vos ailes de feu,
Et, reprenant l'essor vers une autre conquête,
Vous nous abandonnez dans l'enceinte muette ?

Vous nous lancez un jour dans le chemin du ciel,
Soudain, nous retirant votre appui paternel,
Sourd aux cris suppliants de notre gratitude,
Vous nous laissez rentrer dans notre solitude ?

Oh ! savez-vous combien de cœurs reconnaissants
Brûlent de s'attacher à vos pas entraînants ?
Combien, de votre voix se rappelant le charme,
En secret, pour adieu, vous offrent une larme ?

Mais que dis-je ? vous-même, au jour de vos adieux,
Quand la Vierge (1) jurait son pacte avec les cieux,
Quand, de l'âpre Carmel lui dévoilant la cime,
Vous creusiez derrière elle un éternel abîme,
Et que, pour éprouver cette héroïque sœur,
Vous lui montriez le joug que réclamait son cœur,
Vous-même, au souvenir de votre noble mère,
Inflexible, jetant un regard en arrière,
De vos lèvres de fils et dans un cri d'espoir
Vous disiez : « O ma mère, avant de nous revoir,
« Pardonnez ! c'est Jésus, ce doux tyran des âmes,
« Qui de mon cœur vaincu vous disputa les flammes,
« Et, pour nous détacher du terrestre séjour,
« Il brisa sans pitié les liens de l'amour ! »

Allez donc, de Jésus esclave inexorable,
Portez, portez plus loin cette ardeur indomptable !

(1) Réception d'une Carmelite, le 1ᵉʳ décembre 1853, à Carcassonne.

De votre divin Maître annonçant les douceurs,
Allez lui conquérir d'autres adorateurs !
Hâtez-vous, annoncez la céleste nouvelle
Qui retentit un jour dans mon âme infidèle !
Sur des frères nouveaux, enfants d'un plus beau ciel,
Allez faire flotter les tentes du Carmel !

PARIS. — IMPRIMERIE DE J.-B. GROS, RUE DES NOYERS, 74.

PARIS. — IMPRIMERIE DE J.-B. GROS,

RUE DES NOYERS, 74.